Bruño

Dirección editorial:
Trini Marull

Edición:
Cristina González

Preimpresión:
Mar Morales

Traducción:
Rosa Pilar Blanco

Ilustraciones:
Birgit Rieger

Diseño de cubierta:
Miguel Ángel Parreño

,

Título original: *Hexe Lilli und der Ritter auf Zeitreise*
© Arena Verlag GmbH, Würzburg, 2004
    Este libro se ha negociado a través de Ute Körner Literary Agency, S. L., Barcelona
© Grupo Editorial Bruño, S. L., 2004
    Maestro Alonso, 21
    28028-Madrid

AKS64000120
ISBN: 84-216-9415-4
Depósito legal: M-41.176-2004
Impresión: HUERTAS, Industrias Gráficas, S. A.
Printed in Spain

KNISTER

y don Quijote de la Mancha

ⓑ Bruño

Al final de este libro
encontrarás dos estupendos
trucos de caballero andante.
Pero no seas impaciente
y... ¡espera a llegar
a la página 135!

Esta es Kika, la superbruja protagonista de nuestra historia. Tiene más o menos tu edad y parece una niña corriente y moliente. Bueno, en realidad lo es…, aunque no del todo. Y es que Kika posee algo muy poco común: ¡un libro de magia!

Una mañana, Kika encontró ese libro junto a su cama. ¿Que cómo llegó a parar allí? Ni idea.

Kika solo sabe dos cosas: que la atolondrada bruja Elviruja se lo dejó olvidado en un descuido, y que el libro contiene auténticos encantamientos y loquísimos trucos de bruja. Kika ya ha probado algunos. Pero ¡cuidado…!

Será mejor que no intentes imitar los conjuros de Kika, porque...

Si al leer una palabra te equivocas,
tu cepillo de dientes se convertirá en escoba;
tu profesora, en una monstrua abominable,
y el helado que te estás comiendo,
en un pepinillo en vinagre.

Por si acaso, Kika Superbruja no le ha hablado a nadie de su fantástico libro. Es, como si dijéramos, una bruja auténtica, pero secreta. Ha ocultado la existencia del libro de magia incluso a Dani, su hermano pequeño, y esto no le ha resultado nada fácil, pues Dani es muy, pero que muy curioso, y a veces hasta puede resultar algo plasta. Pero, a pesar de todo, Kika le adora.

Bueno... y a continuación, ¡sumérgete en el placer de la superlectura con las aventuras de Kika Superbruja!

Capítulo 1

**En el que un jarrón se hace añicos,
casi explota una tele
y un coche de policía se estrella
contra un camión de bomberos**

Kika está sentada en su habitación haciendo lo que más le gusta: leer.

Lee casi todo lo que cae en sus manos, es decir, libros de lo más variado.

También al héroe de la novela que Kika está leyendo ahora le encantan los libros. Pero, al contrario que a Kika, solamente le interesan los de caballerías.

El problema es que, como don Quijote de la Mancha —así se llama ese héroe— ha leído demasiados libros de caballerías, ha acabado por creerse que él mismo es un caballero andante. ¡Y eso que vive en una época en la que esos valientes caballeros desaparecieron hace mucho tiempo!

Así, convencido de que es un caballero, don Quijote a veces se comporta de una manera muy rara, casi se podría decir que bastante chalada…

Dani, el hermano pequeño de Kika, siempre está quejándose de que su hermana lee demasiado. Pero solo protesta porque quiere que Kika juegue más con él. ¡Típico de Dani!

Sea como sea, Kika está segura de que leer mucho no le hará volverse tarumba, como a don Quijote. Al contrario, ¡Kika se volverá más lista! Porque muchas de las cosas que ha aprendido leyendo le han servido para salir con éxito de sus arriesgadas aventuras brujeriles.

El caso es que Kika está leyendo ¡por segunda vez! las andanzas del ingenioso hidalgo don Quijote de la Mancha. Esta novela hizo famosísimo a su autor, Miguel de Cervantes, y muy pronto, las aventuras de don Quijote se conocieron en todo el mundo.

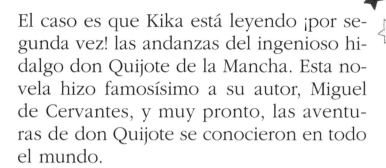

Kika acaba de llegar al capítulo en el que don Quijote lucha contra unos molinos de viento creyendo que son gigantes. ¡Una aventura de lo más emocionante!

Pero, como suele pasar, Kika no tiene ni un momento de tranquilidad…

Dani entra como una tromba en su habitación. Y parece que le ocurre algo grave, porque está llorando a moco tendido. Entre tanta lágrima, Kika apenas logra entender lo que dice:

—... palo de la escoba... me hice una lanza... luché contra un armario... hambre... cuando iba a la cocina... ¡CATACRÁSSS...! qué mala pata... jarrón... regalo de la tía Hortera...

—La tía Hortera, no, Dani. ¡La tía Hortensia! —le corrige Kika entre risas.

—Da igual... mamá... retorcerme el pescuezo —gimotea Dani.

Kika le acaricia la cabeza, lo coge de la mano y lo acompaña a la sala de estar para echar un vistazo a los daños.

Los trozos de jarrón están cuidadosamente apilados en un montón.

—Pues lo has dejado todo muy ordenadito... —Kika intenta animar a su hermano.

—Es que soy el mejor constructor de torres de mi clase —dice Dani, todavía entre hipos—. A lo mejor mamá no se da cuenta si pegamos los trozos antes de que vuelva, ¿no crees?

Kika mueve la cabeza, apenada:

—Este jarrón ya no tiene salvación.

Dani vuelve a echarse a llorar.

—Bueno, tranquilo, que no es para tanto —intenta consolarlo Kika, a pesar de que ella también piensa que mamá se pondrá hecha un basilisco al ver el jarrón hecho añicos—. ¡Podría haber sido mucho peor!

—¿Quieres decir tan malo como cuando papá pisó sin querer mi caballero de Lego?

—¡Bufssss, muchísimo peor!

—¿Peor todavía?

—Imagínate que el jarrón hubiese estado lleno de agua y, al romperse, se hubiera empapado el suelo —empieza a contarle Kika—. ¿Qué habría pasado entonces?

»Supón que tú vas corriendo a buscar la fregona para recoger el agua, pero resbalas en el suelo mojado de la sala de estar e intentas sujetarte al mantel... ¡que se desliza por la mesa arrastrando el ordenador nuevo de mamá! El ordenador cae en mitad del charco de agua. Tú intentas levantarlo, pero pesa demasiado, así que te caes de espaldas con él encima, chocas contra la tele... ¡y la tele explota!

»Los cristales de la ventana estallan con la explosión, y mientras intentas recogerlos, te haces un corte tan grande que piensas que vas a desangrarte. Entonces echas a correr hacia el teléfono para llamar a una ambulancia. Pero en realidad no hace falta, ya que la ambulancia viene de camino.

—¿Por qué? —pregunta su hermano, con los ojos abiertos como platos.

—Porque la ha llamado otra persona.

—¿Quién?

—No tan rápido, amiguito... Las cosas no son tan sencillas —le explica Kika—, ¡y se complican cada vez más! Y es que, entre tanto, un coche de la policía está llegando a nuestra calle, con las luces encendidas y la sirena a todo trapo. Los han avisado porque la explosión de la tele ha sido tan tremenda que alguien ha creído que se trataba de una bomba...

»Lo malo es que el coche de policía gira demasiado deprisa al doblar la esquina... ¡y se estrella contra el camión de bomberos que viene en dirección contraria!

—¿Los bomberos? Pero ¿es que además hay un incendio?

—¡Qué va! Resulta que la vecina de abajo ha llamado a los bomberos porque le ha salido una gotera de la que cae agua sin parar... ¡El agua del jarrón roto! ¿Lo pillas?

—¡Y la ambulancia viene por el accidente entre el coche de policía y los bomberos!, ¿no? —la interrumpe Dani, muy orgulloso de su deducción.

—¡Pues no! —le contradice Kika.

—¿Cómo que no?

—Pues como que no. Por suerte, en el choque no ha habido heridos. La llegada de la ambulancia se debe en realidad a que un agente de policía ha sufrido un grave ataque de nervios al enterarse de que la causa de todo este follón… ¡es que se ha roto un jarrón!

—¡Glupssss! ¿Y la culpa de todo eso es… *mía?* —pregunta Dani, asustado.

Él no acaba de entender que Kika solo le ha contado una historia fantástica para hacerle pensar en otra cosa que no sea el jarrón roto. La verdad es que a veces es un poco tontorrón, porque Kika siempre le está gastando bromas así y él pica una y otra vez el anzuelo…

Sin embargo, esta vez Kika no ha querido tomarle el pelo. Solo pretendía que Dani comprendiese que hay cosas mucho peores que un jarrón roto.

23

En ese momento se oyen ruidos que vienen de la puerta de entrada.

—¡Seguro que es mamá! —Dani traga saliva y se esconde detrás de su hermana.

Pero Kika está tan embalada con su historia que sigue inventando e inventando:

—No, Dani, seguro que son unos reporteros de la tele, que vienen para filmar todo el lío que se ha armado.

Dani se pone pálido.

Pero ¿quién está en realidad en la puerta?

¡Pues mamá, por supuesto!

Dani se ha puesto tan nervioso con la historia que le ha contado Kika, que nada más ver a su madre empieza a parlotear como una cotorra:

—¡Mamá, mamá, no te enfades! ¡Los bomberos no han venido porque haya un incendio en casa!

24

—¿Los bomberos?

—Sí, porque ha explotado nuestra televisión... Bueno, ¡casi...! Y por mi culpa, a un policía le ha dado un ataque de nervios... Y la vecina ha llamado a una ambulancia, porque si el jarrón hubiera estado lleno de agua, estaría claro que los bomberos...

»Total, que han chocado con el coche de policía por culpa de la alarma de bomba... Y por eso van a venir unos reporteros de la tele... Porque el agua gotea por el techo de la habitación y...

»Bueno, seguro que tu ordenador nuevo volverá a secarse... Todo ha sido culpa del mantel que se resbaló, y ahora... ¡se ha roto el jarrón de la tía Hortera!

—Hortera, no. ¡Hortensia! —le dice Kika por lo bajinis.

Mamá mira a los dos niños con cara de no haber entendido ni jota.

—Pero no es tan grave, ¿a que no? —añade Dani—. ¡Kika dice que podría haber sido mucho peor!

—¡Un momento, un momento! Vayamos por orden... —dice mamá, y le pide a Kika que se lo explique todo con calma.

Kika se limita a cogerla de la mano y llevarla hasta la torre de trocitos de jarrón tan bien apilados.

Mamá comprueba, aliviada, que la tele y el ordenador siguen en su sitio, ¡intactos!

—Dani y yo estábamos jugando, y sin querer hemos roto este jarrón —explica Kika mientras le guiña un ojo a su hermano.

Mamá coge un trocito del jarrón.

—¿Y esto es lo que te preocupa tanto? —le pregunta a Dani.

—Sssssí… —contesta él con un hilito de voz, acurrucándose todavía más detrás de Kika.

—¡Pero si no tiene importancia, cariño! —le asegura mamá—. Voy a contarte un secreto: ¡Este jarrón siempre me ha parecido horroroso! ¡Estoy encantada de haberme deshecho de él!

Kika mueve la cabeza, sorprendida:

—¿Y por qué lo pusiste en la sala de estar, si te parecía horroroso? —pregunta.

—Bueno, vuestra tía Horter..., digoooo, ¡Hortensia!, a veces viene de visita sin avisar, y al ver siempre ahí ese jarrón, seguro que pensaba que nos gusta mucho.

—¡Bufssss! ¿Por qué los mayores sois así de complicados? —pregunta Kika.

Su madre se echa a reír:

—Porque, a veces, una mentirijilla piadosa nos facilita mucho la vida —contesta—. ¡Cuando seas mayor lo comprenderás!

—¿Qué es una mentirijilla piadosa? —se interesa Dani.

Al parecer, ¡el pobre no se ha enterado de nada!

Mamá prefiere no dar ideas sobre mentirijillas a Dani, y en lugar de eso, se dirige al teléfono.

—Llamaré a vuestra tía para decirle que estamos tristísimos por la «desgracia» que ha sufrido su jarrón —dice, sin poder ocultar una sonrisita de satisfacción—. ¡Ah!, y recordadme que después os cuente lo que me ha pasado en la ciudad. ¡Algo alucinante, ya veréis! Ahora, id a jugar.

Y mientras Kika se lleva a Dani a su habitación, aún le da tiempo a escuchar a mamá:

—¿Tía Horter..., digoooo, Hortensia...? ¿Cómo estás...? ¿Sí...? ¡Me alegro...! ¿Nosotros...? Bueno... La verdad es que ha ocurrido algo terrible... Sí, sí, espantoso... Verás...

Capítulo 2

**En el que unos cuantos cacharros
se hacen puré
y unos demonios brillantes
son combatidos a lanzazo limpio**

—**V**oy a contaros lo que me ha pasado en la ciudad. ¡Os vais a quedar pasmados! —les dice mamá al entrar en la habitación de Kika.

Parece muy satisfecha. Por lo visto, la conversación con la tía Hortensia ha ido de maravilla…

—Resulta que he ido a unos grandes almacenes para comprarme un jersey —empieza a contarles—. ¡Tenían unas ofertas estupendas! Así que subí a la segunda planta, la de señoras. Acababa de encontrar un jersey precioso e iba a probármelo, cuando oí unos gritos espantosos que venían de la planta baja…

»La gente chillaba como loca. ¡Me llevé un susto de muerte, porque pensé que quizá había un incendio! Pero luego escuché unos aplausos… "Seguro que será alguna campaña publicitaria", me dije, y volví a ocuparme de mi jersey. Sin embargo, el barullo aumentó, y al final, muerta de curiosidad, fui hacia las escaleras automáticas.

»No os vais a creer lo que vi… Allí abajo, un hombre avanzaba por los pasillos de los grandes almacenes… ¡montado en un caballo de verdad! Iba vestido como un caballero, con armadura y todo. Y, por si fuera poco, ¡hasta llevaba una lanza bajo el brazo!

»Al principio, la gente también creyó que era una campaña publicitaria, pero cuando el caballero empezó a asestar lanzazos a diestro y siniestro, destrozando lo que había en las estanterías, todos se dieron cuenta de que algo iba mal…

»No parecía que el caballero quisiese hacer daño a nadie, pero, por si las moscas, la gente empezó a huir a toda pastilla, pidiendo socorro a voces. De pronto, un guardia de seguridad le cortó el paso y le gritó: "¡Quieto parado, chalado! ¡Baje ahora mismo de ese caballo!".

»Sin embargo, aquello pareció animar más aún al caballero, que picó espuelas y, tras coger carrerilla, intentó saltar por encima de un estante lleno de porcelana finísima…

»Pero lo que aquel caballero montaba era un viejo jamelgo tan delgado y achacoso que daba pena verlo, así que, en vez de un salto, el caballo dio una especie de tropezón de lo más patoso que acabó con un montón de ensaladeras, platos, tazas y soperas hechos puré. ¡Menudo destrozo!

»Aunque aquello no detuvo al caballero, ni mucho menos… "¡Bravo, mi fiel corcel Rocinante! ¡Al ataqueeeee!", le gritaba a su caballo mientras, con la lanza en ristre, avanzaba hacia la sección de lámparas. "¡Abajo, luces demoníacas!", vociferaba.

"¡Don Quijote acabará con vuestros maléficos resplandores!". Después de no dejar sana ni una sola lámpara, se dirigió a la sección de imagen y sonido, y allí... ¡Ufsss, la que armó! ¡Aquello era un caos!

»A pesar de todo, la pesadilla solo duró unos minutos, y el caballero salió disparado hacia la calle antes de que llegase la policía. En la entrada había varios equipos de televisión que pretendían filmar la original "campaña publicitaria" de los grandes almacenes, pero el caballero los dejó a todos patas arriba de una embestida y se perdió al galope en el tráfico de la ciudad.

»Cuando por fin llegó la policía, ya no había ni rastro de él. Solo quedaba una multitud espantada... y un gerente de los grandes almacenes que echaba chispas y chillaba como el mismísimo enano saltarín: "¿Quién va a pagar ahora los daños? ¡Que alguien detenga a ese desaprensivo, a ese salvaje, a esa hojalata con pataaaaaas!".

»La policía interrogó a varios testigos para informarse bien de todo. Pero, para entonces, ya hacía rato que el caballero había puesto pies en polvorosa.

»Entre tanto, la gente fue recuperándose del susto. Todos se alegraban de haber salido de aquel lío sin un solo rasguño, y a pesar de los daños materiales, ¡la verdad es que aquello había sido la mar de emocionante! Ese extraño caballero a lomos de su caballo… ¡Un espectáculo magnífico!

»"¡Viva don Quijote de los Grandes Almacenes!", gritó una voz. "¡Seguro que lucha por abaratar los precios!", exclamó otra.

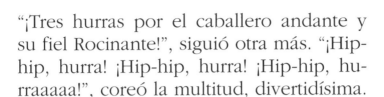

"¡Tres hurras por el caballero andante y su fiel Rocinante!", siguió otra más. "¡Hip-hip, hurra! ¡Hip-hip, hurra! ¡Hip-hip, hurraaaaa!", coreó la multitud, divertidísima.

Está claro que la madre de Kika y Dani se ha divertido de lo lindo con la aventura del caballero loco, porque no ha podido reprimir la risa mientras hablaba.

En cambio, a Kika no le ha hecho ni pizca de gracia lo que acaba de escuchar. ¡Todo lo contrario! Poco a poco, ha ido invadiéndola una terrible sospecha:

«¡Ay, ay…! ¿Será posible…? ¿Habrá vuelto…? Pero ¿cómo…?».

Y es que, no hace mucho, Kika tuvo un encuentro con el verdadero don Quijote[1].

Resulta que, con ayuda de su libro secreto de magia, hizo aparecer en su habitación al enloquecido caballero. Ella misma se sorprendió al encontrar en su libro de hechizos una fórmula con la que se podía atraer incluso a personajes de ficción. Pero la verdad es que las consecuencias de aquella aventura fueron terribles...

—¡A lo mejor sale por la tele lo del caballero en los grandes almacenes! —exclama Dani.

—Pues quizá sí —dice su madre—. Seguro que los reporteros de televisión lograron filmar algo antes de quedar tirados por los suelos. ¡Vamos a poner las noticias!

Se dirigen a toda prisa hacia la sala de estar, ponen la tele y... ¡bingo!

---

[1] Si quieres conocer todos los detalles de esta aventura, puedes leer el número 4 de la serie «Kika Superbruja y Dani» titulado *El loco caballero*.

En ese momento, el presentador anuncia a los espectadores:

—Un equipo de cámaras de nuestra cadena ha sido testigo casual de un suceso increíble. Un caballero al que hemos denominado «don Quijote de los Grandes Almacenes», ha irrumpido a caballo en un centro comercial y ha causado importantes daños materiales con su lanza. Todavía no se ha esclarecido si esa conducta tiene un trasfondo publicitario, de protesta, o simplemente ha sido obra de un perturbado mental. Hasta el momento, la policía busca en vano al malhechor. Por desgracia, nuestras tomas solo lo muestran durante la fuga, tras cometer su espectacular acción. ¡Juzguen ustedes mismos, señoras y señores...!

Unas imágenes algo borrosas muestran a un hombre con armadura saliendo de los grandes almacenes a galope tendido.

—¡Ostras, si es el caballero loco! —grita Dani, entusiasmado—. ¡Me acuerdo de él! ¡Luchamos juntos! Lo que pasa es que entonces no llevaba caballo… ¡Pero yo le vencí!

—¡Es que tú puedes con todos, campeón! —sonríe su madre.

Kika no les presta atención. Está muda de espanto. Su mente echa humo de tanto pensar y pensar… ¿Cómo porras habrá conseguido don Quijote trasladarse por arte de magia a unos grandes almacenes del mundo real sin que ella haya usado su libro secreto de hechizos?

—¡Justo! ¡Eso es! —exclama de repente—. ¡Así ha tenido que hacerlo! ¿Cómo he podido ser tan tonta?

Dani y mamá se miran, extrañados.

—*¿Quién* tiene que haber hecho *qué?*
—pregunta mamá.

—Ejem… bueno… estoooo… —Kika busca una explicación a toda prisa—. Quiero decir que… ¡Así tiene que haber hecho mi compañera Alicia el problema de matemáticas que nos han puesto en clase! Se me acaba de ocurrir cómo ha descubierto la solución —improvisa—. Lo mejor será que me vaya ahora mismo a mi habitación y me ponga a hacer corriendo ese problema.

—¡Caramba, hay que ver qué aplicada te has vuelto de repente! —dice su madre con tono un pelín burlón.

Y es que está claro que la idea que se le ha ocurrido a Kika nada tiene que ver con problemas de matemáticas…

Cuando trajo por arte de magia a don Quijote hasta su habitación, este organizó un lío tremendo, primero persiguiendo a Dani y luego asustando a su vecina,

la señora Cotíllez. Al final, ¡acabó apareciendo la policía y todo! Aquello fue un completo caos, y Kika concentró todos sus esfuerzos en una sola cosa: ¡librarse de don Quijote lo antes posible!

El caso es que, mientras la señora Cotíllez organizaba un escándalo de aúpa, Kika se las arregló para sacar velozmente su libro secreto de magia y buscó la fórmula para hacer desaparecer a don Quijote. Acababa de dar con el hechizo adecuado cuando… ¡el caballero irrumpió en su habitación!

Al verla con un libro entre las manos, don Quijote se quedó pasmado (en su época no era muy habitual que las mujeres supiesen leer), y trató de arrebatárselo para echarle un vistazo. Pero, como es lógico, ¡Kika no estaba dispuesta a entregárselo! Un libro tan poderoso en manos de un chalado como él… ¡Bufsss, qué peligro!

Fue entonces cuando sucedió: ¡RAAAAS!

En plena batalla de empujones y tirones, don Quijote arrancó una página del libro, la leyó en voz alta… ¡y se disolvió en el aire ante las narices de Kika, junto con la página arrancada! Lo único que quedó de él fue una pequeña hebilla de su armadura.

La verdad es que a Kika no le apenó especialmente perder esa página de su libro. ¡Estaba más feliz que una perdiz por haberse librado del caballero loco!

Sin embargo, ahora Kika se da cuenta de las posibles consecuencias de todo aquello. Si don Quijote consiguió hacerse desaparecer a sí mismo con la fórmula mágica de la página arrancada…, ¿qué le impediría realizar el hechizo al revés, y volver a aparecer cuando le viniera en gana?

¡Justo! Esa es la solución del enigma…

En ese momento, Dani entra como un ciclón en la habitación de su hermana sin llamar a la puerta, como de costumbre.

Kika le suelta un bufido:

—Cuántas veces te he dicho que…

—¡Tienes que contarle a mamá lo del caballero loco! —la interrumpe Dani—. ¿Cómo se llamaba? Creo que don *Disloque,* o algo así, ¿no?

Mientras tanto, mamá también se ha presentado en la habitación de Kika. Acaricia la cabeza de Dani y le dice:

—Su nombre es don Quijote, y solo es un personaje de una novela muy famosa. No existe de verdad, ¿comprendes?

—Pero… ¡es un caballero, igual que yo! —exclama Dani, y corre a buscar la lanza (el palo de la escoba) con la que ha hecho añicos el jarrón—. ¡Venga, mamá, cuéntame alguna aventura de don *Disloque!*

—¡Pues las conozco todas! —sonríe su madre—. Papá y yo se las leíamos a tu hermana cuando era tan pequeña como tú.

—¡Yo no soy pequeño! —protesta Dani—. ¡Soy un poderoso caballero! ¡Un héroe, igualito que don *Disloque!*

—Un caballero de verdad es educado y siempre llama a la puerta cuando quiere entrar en el cuarto de una dama! —replica Kika, disimulando una sonrisa.

Acaba de acordarse de que, cuando conoció a don Quijote, este cayó de rodillas a sus pies y, con gran cortesía, empezó a recitarle poemas de lo más galante:

¡Oh, dulce doncella,
de este reino la más bella!
Tanto os aprecia vuestro vasallo
como a Rocinante, su fiel caballo.

Hay que reconocer que los versos eran horrorosos y que el caballero estaba como un cencerro, pero no puede negarse que sus modales eran exquisitos.

En cualquier caso, Kika se siente responsable de que don Quijote ande pegando saltos en el espacio y el tiempo por arte de magia. Él debe volver por siempre jamás a su mundo de fantasía, al interior de su novela, y a Kika se le ha ocurrido cómo conseguirlo.

¡Tiene que darse prisa! Cualquiera sabe lo que estará tramando don Quijote…

—¡Mamá! ¡Tengo que hacer algo urgentísimo! ¡Volveré enseguida! —grita Kika, y hace como si saliera de casa, aunque en realidad vuelve de puntillas a su cuarto y se encierra en él.

¡Ha llegado la hora de dar el «Salto de la bruja»!

Con este salto puede trasladarse a cualquier parte por arte de magia. Solo necesita un objeto del lugar al que quiere ir. Y como en este caso lo que quiere es reunirse con don Quijote, utiliza la hebilla de su armadura.

Para regresar con el «Salto de la bruja», también se guarda rápidamente su ratoncito de peluche. Luego estrecha la hebilla contra su corazón. Se sabe de memoria la fórmula mágica adecuada. No importa dónde se haya ocultado don Quijote, ¡Kika enseguida estará a su lado!

Pero, mientras susurra el hechizo, cae en la cuenta de una cosa…

¿Y si el caballero hubiera regresado ya a su propio mundo de fantasía?

¿Dónde aterrizaría Kika, entonces?

¿En una novela?

¡Uauuuu, qué idea tan emocionante!

Capítulo 3

**En el que un caballero aprende
a montar a lomos de un caballo
de acero y se enfrenta
a un horripilante monstruo rojo**

El «Salto de la bruja» no dura mucho esta vez.

Unos segundos después de despegar, Kika ya siente tierra firme bajo sus pies. Sabe por experiencia que, si se hubiera trasladado a otra época, e incluso a otra dimensión, el viaje habría durado mucho más tiempo.

Así que, al abrir los ojos, comprueba que ha ido a parar a un parque de la ciudad, solo a un par de kilómetros de su casa.

Don Quijote está sentado en una piedra, justo delante de ella. Ha atado su caballo a un árbol cercano.

53

Pero… ¿«ese» es el famoso Rocinante?

Desde luego, no tiene nada que ver con el caballo que don Quijote alababa tanto delante de Kika. Más bien parece un viejo jamelgo de labranza, achacoso y en los mismísimos huesos.

El caballero da un respingo cuando Kika aparece de repente ante él.

—¡Vuestras artes mágicas no cesan de maravillarme, hermosa doncella! —exclama, con los ojos abiertos como platos—. De haber sabido dónde se encontraba vuestro castillo, habría ido a visitaros. Pero, por mi señora Dulcinea, ¡esta es la más fabulosa de mis hazañas caballerescas! A fe mía que no alcanzo a imaginar dónde me hallo, e ignoro cómo he venido a parar a este encantado lugar...

«¡Ajá!», piensa Kika. «¡Así que don Quijote no tiene ni idea de que se ha trasladado por arte de magia al siglo XXI!».

Kika debe actuar con mucha habilidad para no levantar sospechas en el caballero. Al fin y al cabo, tiene que arrebatarle como sea la página arrancada del libro de hechizos... ¡y no parece una tarea fácil!

Decide emprender su plan con una táctica de despiste:

—Para una superbruja como yo, estos pequeños trucos de aparición y desaparición son coser y cantar... —empieza a decir, y añade como quien no quiere la cosa—: Aunque os recuerdo que también vos, tras visitarme en mi castillo, os disolvisteis en el aire de golpe y porrazo...

—¡Porque vos me embrujasteis con vuestras artes hechiceras para alejarme de allí! —replica el caballero—. Aún lo recuerdo bien... Penetré en vuestros aposentos y os vi con un libro. Me asombró mucho que, siendo mujer, supierais leer. Os pedí…, bueno, en realidad os arrebaté el volumen, quizá con excesivo ímpetu. Y al hacerlo, ¡oh, desgracia!, se rompió una página. Comencé a leerla, mas vos os sentíais tan enojada conmigo por haber dañado vuestro libro, que pusisteis en práctica vuestras dotes de encantamiento y, en un abrir y cerrar de ojos, ¡pardiez que me hicisteis desaparecer!

—Estaba muy enfadada, es verdad —afirma Kika—. Pero en fin…, lo hecho, hecho está. Aunque esa página arrancada… ¡Qué lástima haberla perdido!

—¿Perdido? Erráis en vuestro juicio, noble damisela. ¡Todavía la conservo! —exclama don Quijote.

Y tras rebuscar en su armadura, el caballero saca la página (hecha una pelotilla y bastante mugrosa) y se la entrega a Kika.

Ella no puede creer en la suerte que ha tenido. ¡Todo ha sido mucho más fácil de lo que pensaba!

—Conservé esa página junto a mi pecho en memoria vuestra, bella dama —continúa hablando don Quijote—. Solo se la mostré con el mayor de los secretos a mi fiel escudero Sancho Panza, sin ocultarle que, en justicia, su verdadera dueña era una mujer. ¡Una mujer que sabía leer! Haceos cargo de que él no conoce ese arte, y su sorpresa fue mayúscula…

Pero Kika no presta mucha atención al parloteo de don Quijote. Lee a toda prisa la página para averiguar cómo devolver al caballero a su mundo de novela. ¡Y ahí está la fórmula mágica!

Mientras tanto, don Quijote sigue hablando como una cotorra:

—… Mi buen escudero Sancho Panza es un poco simple, así que tuve que leerle yo mismo la página en voz alta. Y entonces, como por ensalmo, aparecimos en un lugar mágico… ¡y muy ruidoso!

»Sus moradores, ¡válgame el cielo!, iban aún más extrañamente vestidos que vos. Penetraban y salían sin cesar de un castillo encantado, junto al cual había un mercado.

»Ordené a mi fiel Sancho que aguardara allí, empuñé mi lanza y me lancé con arrojo en medio del tumulto.

»Luces diabólicas, más claras que el mismo sol, me deslumbraban por doquier. Y una pavorosa música fantasmal torturaba mis oídos. ¡Pero eso no me arredró! Coloqué mi lanza en posición de ataque y...

—¡Un momento! —le interrumpe Kika—. ¿Significa eso que habéis dejado a Sancho Panza en ese mercado?

—Oh, descuida, que no corre peligro alguno. Ni él, ni su fiel asno. Yo solo cabalgué un instante hacia ese castillo encantado para...

¡Lo que faltaba! ¡Ahora resulta que don Quijote no se ha trasladado solo hasta aquí!

A Kika se le escapa un bufido de desesperación. Eso significa que también debe encontrar al escudero de don Quijote, para devolver a los dos a su mundo por arte de magia.

Kika recuerda la regla de superbruja número 3.428, dentro del capítulo «Viajes en el tiempo» de su libro:

Si a varias personas embrujas
al mismo tiempo,
juntas deberán estar
para su desembrujamiento.

¡Porras, porras y reporras! Ella confiaba en que todo se solucionaría sin problemas… ¡Y vaya si han surgido problemas!

¿Qué puede hacer ahora? No será muy difícil encontrar a Sancho Panza y a su burro, pero don Quijote no puede acompañarla en su búsqueda, ya que llamaría demasiado la atención. Tras su aparición en los grandes almacenes, ¡seguro que toda la policía de la ciudad está buscando a un caballero a lomos de un corcel!

Lo malo es que Sancho Panza no conoce a Kika, y es posible que se niegue a acompañarla. No hay otro remedio: ¡don Quijote tendrá que ir con ella! Aunque, con esas pintas, la policía no tardará en darle caza…

Kika se devana los sesos. No le queda mucho tiempo. Tiene que volver a casa antes de que sus padres empiecen a preocuparse.

¡Pero primero debe encontrar a Sancho Panza!

Con la bici, sería una carrerita de nada, pero a pie…

—Nos esperan grandes aventuras —le anuncia de pronto a don Quijote—. ¿Qué lleváis bajo vuestra armadura?

—Tan solo mis paños menores —responde el caballero, poniéndose un poco colorado.

Kika no está segura de haber oído bien. ¿Don Quijote lleva paños debajo de su estrecha armadura? ¡Vaya moda más rara!

—¿Os importaría enseñarme esos paños? —le ruega al caballero.

—Si es por emprender nuevas hazañas, ¡Rocinante y yo estamos dispuestos a todo! —declara don Quijote, dándole una cariñosa palmada en el lomo a su caballo.

Cuando por fin se quita la armadura, todo queda aclarado. Lo que él denomina *paños* no son otra cosa que unos calzoncillos de lo más caballerescos, largos hasta las rodillas, y una especie de camiseta que le queda grandísima.

Sin su armadura, don Quijote parece un espantapájaros con yelmo. ¡Está tan delgado que se le transparentan los huesos!

La camiseta, teñida por el óxido de la armadura, seguro que lleva años sin ver un poco de agua y jabón, y es tan grande que el esquelético caballero casi se pierde dentro de ella. Sus piernas flacas y desgarbadas, cubiertas de pelos erizados, asoman por los calzoncillos como si fueran pinchos para hacer brochetas.

65

En conjunto, la visión es para troncharse de risa.

A Kika no le extraña nada que a don Quijote también se le conozca por «el caballero de la triste figura»…

—Por favor, quitaos también el yelmo, para que causemos una impresión más pacífica cuando intentemos engañar a los demonios brillantes —le pide Kika.

Pero lo de quitarse el yelmo no va a ser tan fácil. Por más que se esfuerza, el caballero no consigue sacárselo de la cabeza, y Kika ya no puede perder más tiempo…

—No os mováis de aquí hasta mi vuelta —le pide—. No tardaré mucho. Solo voy a buscar dos bicicletas.

—¿Y qué son esos artefactos? —pregunta don Quijote mientras Kika ya se aleja corriendo.

—¡Caballos de acero! —le grita ella, sin dejar de correr—. ¡Por favor, esconded a Rocinante detrás de esos arbustos y atadlo bien!

Acto seguido, Kika desaparece...

... Y regresa al poco rato, empujando una bici con cada mano.

Al ver los ojos desorbitados de don Quijote, Kika cae en la cuenta de que él no solo desconoce lo que es una bici, sino que tampoco sabe montar en ella. ¿Cómo va a saber? En su época no existían. ¡Qué tonta! ¿Cómo ha podido olvidarse de eso?

—Jamás he visto corceles tan escuálidos. ¿Acaso no los cuidáis bien? ¿O es que padecen alguna dolencia y por eso se niegan a comer? —pregunta don Quijote.

—Los caballos de acero no comen. Solo necesitan aceite para correr —contesta Kika.

—En ese caso, dadles de beber más aceite. No es bueno dejar que las monturas pasen hambre —le aconseja don Quijote, acariciando admirado el faro de la bicicleta de Kika—. ¿Cómo se llaman estos mágicos ingenios? —pregunta enseguida—. ¿Y por qué no cabalgáis sobre ellos en lugar de llevarlos de la mano? ¿Tan bravos son que ni siquiera podéis llevarlos de las riendas?

—¡No! —ríe Kika—. Son muy mansos, pero es imposible conducirlos, digoooo… cabalgarlos a los dos a la vez. El más grande de los dos es de mi madre, y el pobre está tan oxidado que el nombre de Oxidante le viene que ni pintado. En realidad, lo he traído para vos, pero no sé si…

—¡Dejad que lo monte!
—exclama don Quijote,
arrebatándole
la bicicleta oxidada
de las manos.

Con un ágil y elegante salto del que Kika no lo habría creído capaz, el caballero salta sobre el sillín y exclama, entusiasmado:

—¡Adelante, Oxidante! ¡Al galope!

Pero… ¡PATAPLOFFF!

Don Quijote no tarda en dar con sus huesos en el suelo. Aunque eso no parece preocuparle lo más mínimo:

—También Rocinante, mi noble corcel, me derribaba siempre al principio, pues solo conocía las labores del campo y no estaba acostumbrado a que lo cabalgasen —informa a Kika, saltando de nuevo al sillín… con idénticos resultados para sus maltrechos huesos.

—Si lo mantenéis en movimiento, se deja montar bien —le explica Kika, subiéndose en su bici para dar una vueltecita de demostración.

Don Quijote empuja su bicicleta, coge carrerilla y salta de nuevo al sillín. Con una técnica bastante original, consigue mantenerse derecho y avanzar unos metros… hasta que las ruedas se paran y la bici vuelca.

—Al montar un caballo de acero, tenéis que pisar con fuerza los estribos, alternando siempre el derecho y el izquierdo —le explica pacientemente Kika.

Don Quijote se levanta, vuelve a encaramarse a la bicicleta con su alucinante técnica de salto… ¡y poco después pedalea con tanta fuerza que a Kika le cuesta seguirlo!

—¡Felicidades, noble caballero! ¡Aprendéis con la rapidez con que vuelan los pájaros!

—Los caballeros llevamos el arte de cabalgar en la sangre. ¡Igual que el de matar dragones! Por cierto, ¿hacia dónde dirigimos nuestras monturas? —pregunta don Quijote—. ¡Si mal no recuerdo, teníais planes heroicos! —pero antes de que Kika pueda contestarle, el caballero consigue dar su primera curva de puro milagro y empieza a retroceder—. ¡He olvidado mi lanza! —grita por encima del hombro—. ¡Sin ella no puedo entrar en combate!

De nuevo en el punto de partida, don Quijote no usa una técnica demasiado caballeresca para desmontar. Sencillamente, deja que la bici vaya perdiendo velocidad ¡y salta con la misma agilidad con que había subido!

Montura y caballero ruedan por el suelo hasta que finalmente se detienen.

—¡Lo he conseguido! —exclama don Quijote, orgullosísimo.

Luego se dirige hacia su caballo Rocinante, le susurra algo al oído y coge su lanza. Con ella debajo del brazo, montar en la bici es aún más complicado, pero por mucho que Kika se lo suplica, don Quijote se niega en redondo a abandonar su lanza.

—¿Adónde vamos? —pregunta por fin el caballero mientras avanza haciendo unas eses tremendas.

Por suerte, a esa hora no abundan los paseantes despistados por el parque.

—A los grandes almac…, quiero decir, ¡al castillo encantado! —se corrige Kika—. Antes de entrar en combate, tenemos que encontrar a vuestro escudero Sancho Panza.

Kika va delante y don Quijote la sigue. Con sus calzoncillos por las rodillas, su enorme camiseta, el yelmo que no ha podido quitarse y la lanza en ristre, parece más un payaso de circo que un caballero andante, pero eso no le importa en absoluto.

Al contrario, exclama entusiasmado:

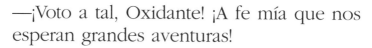

—¡Voto a tal, Oxidante! ¡A fe mía que nos esperan grandes aventuras!

Don Quijote se tambalea casi más de lo que avanza, pero al fin logran dejar atrás el parque para adentrarse en la ciudad.

¡Y entonces, ocurre! Nada más cruzarse con el primer coche, el caballero sale disparado hacia él entre terribles voces desafiantes:

—¡Fuera de mi vista, monstruo carmesí! ¿Acaso no sabes que un caballero andante tiene derecho de paso? ¿Cómo osas interponerte en mi camino, criatura del diablo?

—¡No! ¡No hagáis eso! ¡Cuidado! —grita Kika.

Demasiado tarde.

¡CATACRASHHH!

Don Quijote sale volando por encima del sillín y, después de dar una pirueta imposible en el aire, aterriza de cabeza en el asfalto.

Por suerte, el vehículo rojo circulaba despacio. El conductor sale aterrado del coche y corre hacia el caballero tirado en el suelo.

—¡No he podido evitarlo! ¡Este infeliz se me ha echado encima! —empieza a chillar como loco—. ¡Y menuda pinta tiene! ¿No se habrá enterado de que no estamos en carnaval? ¡Seguro que está borracho como una cuba!

Don Quijote yace inmóvil en el suelo.

En el choque, su yelmo se le ha escurrido de la cabeza y se le ha roto la lanza.

Kika se inclina sobre él, angustiada:

—Señor caballero... —susurra—. ¿Podéis oírme?

Don Quijote no muestra más que unos cuantos rasguños, pero... ¿tendrá lesiones internas?, ¿o huesos fracturados? El golpe en la cabeza ha sido tremendo, y el caballero permanece inconsciente.

Kika acaricia muy preocupada su rostro arrugado. Su respiración es débil.

Le da unas palmaditas en la mejilla para reanimarlo, pero sin resultado.

Ya se oye una sirena de la policía. Y casi al mismo tiempo, una ambulancia frena a su lado.

Los sanitarios apartan a un lado a Kika para examinar al herido, y antes de que ella pueda darse cuenta de lo que está pasando, meten a don Quijote en la am- bulancia y se lo llevan.

Desconcertada, Kika sigue al vehículo con la mirada.

—¿Conoces a ese hombre? —pregunta de pronto una voz a sus espaldas.

¡Un policía! De puros nervios, Kika no se ha dado cuenta de su presencia. Ha su- cedido todo tan deprisa…

—No, quiero decir…, bueno, sí, más o menos —balbucea.

—¡Esta niña salió del parque con ese loco disfrazado de carnaval! —interviene el conductor del coche rojo—. ¡Y él se me echó encima! ¡Fue como si quisiera atacarme!

—Enseguida haremos un informe detallado del accidente, señor —comunica el policía al conductor—. Pero lo primero son las víctimas. ¿Es que no ve usted lo alterada que se encuentra esta niña? Bueno... —continúa, dirigiéndose a Kika—. ¿Conoces al herido? ¿Es familia tuya?

—No. Sí. Bueno, es... es... ¡un tío-abuelo segundo de mi madre! Ha venido a visitarnos desde La Mancha, ¿sabe? —improvisa Kika.

—Entonces lo mejor será que nos acompañes a comisaría para que podamos tomarte declaración —dice el policía.

—¿A qué hospital lo llevan? —pregunta Kika.

—Eso lo averiguaremos en comisaría —intenta tranquilizarla el policía—. Desde allí llamaremos a tus padres para que vengan a recogerte.

¡Lo que faltaba!

A Kika no le queda más remedio que subirse al coche de policía.

¡Porras! Mil preguntas y reproches le pasan por la cabeza.

¿Cómo estará don Quijote? Y sobre todo, ¿dónde?

Capítulo 4

**En el que un caballero cae preso
de un arrebato amoroso,
corre la sangre
y se descubre una fuente mágica**

Don Quijote despierta en la cama de un hospital.

Mira a su alrededor: además de él, hay otra persona en la habitación.

Cuando el desconocido ve que don Quijote abre los ojos, llama enseguida a una enfermera para informar de que su compañero de habitación ya está consciente.

—¿Dónde estoy? —pregunta don Quijote.

El desconocido se presenta:

—Me llamo Leoncio Gruñónez. Se encuentra usted en un hospital. Al parecer, se ha desmayado.

—¿Desmayarme, yo? ¡Jamás! Los valientes caballeros andantes nunca se desmayan, ¡y vaya si yo soy valiente y andante! —exclama don Quijote, levantándose de un salto de la cama—. Y vos, ¿sois también caballero?

—¿Es que me ve usted pinta de señora? ¡Pues claro que soy un caballero! ¡No faltaba más! —gruñe el señor Gruñónez.

En ese momento, una enfermera entra en la habitación. Y al ver que su nuevo paciente se ha levantado sin permiso, le regaña de lo más mandona:

—¡Pero bueno! ¿Cómo se le ocurre? ¡Vuelva ahora mismo a la cama! —y, ¡ZASSSS!, agarrando a don Quijote por el pescuezo, vuelve a tumbarlo de un solo movimiento—. Así, quietecito y tranquilo, ¿estamos? ¡Que no me entere yo de que vuelve a levantarse! —refunfuña.

Pero don Quijote no se acobarda.

¡El tono mandón de la mujer parece encantarle! También su bata blanca le ha impresionado.

Y volviendo a saltar de la cama, cae de rodillas ante la enfermera y empieza a recitarle uno de sus habituales poemas galantes:

¡Oh, gentil dama de blanco vestido,
vuestra belleza me ha hecho perder el sentido!
De la simpar Dulcinea es todo mi amor,
pero de vos me siento devoto admirador.
Vuestra mano de hierro me ha sorbido el seso,
y de vos solo aspiro a obtener un beso.
¡Doncella salvaje! ¡Doncella bravía!
¡Dadle consuelo a esta pobre alma mía!

La enfermera, con la boca abierta por el pasmo, mira con los ojos muy abiertos al hombre arrodillado a sus pies.

En todos sus años de experiencia, jamás un paciente la había dejado sin habla de esa manera. ¡Incluso se ha puesto un poco colorada!

Al final consigue decir:

—Ahora tengo que seguir trabajando. Y usted... debe descansar. Ya le hemos hecho unas radiografías. Por suerte, no tiene nada roto.

—¡Sí que lo tengo! —la contradice don Quijote—:

Vuestro aire de reina desafiante,
roto ha dejado mi corazón amante.

La enfermera, ruborizada ya hasta las orejas, solo logra decir antes de salir a toda prisa de la habitación:

—Ojalá todos los pacientes fueran tan amables como usted...

—¡Bueno, esto es el colmo! —guñe el señor Gruñónez—. ¿Cómo es posible que una mujer se trague todas esas cursilerías? ¡Y en un hospital! ¡Qué poca seriedad! Ya solo falta que le prometa usted un ramo de rosas rojas…

—¿Rosas rojas? —se extraña don Quijote—. Yo pensaba más bien poner a sus pies un regalo más propio de un caballero. No sé…, un dragón decapitado y bien desangrado, o al menos alguna pequeña ínsula…

El señor Gruñónez cada vez está más convencido de que a su compañero de habitación le falta un tornillo… ¡o dos!

También Kika está dándoles que pensar a los policías.

Ella ya contaba con que le pidieran los datos de don Quijote, y de camino a la comisaría se ha inventado un nombre y una dirección imaginarios para él.

¡Pero lo peor es que también quieren los datos de la propia Kika!

No le queda otro remedio que seguir improvisando:

—Me llamo Ki… wi. ¡Sí, sí, Kiwi, como la fruta! ¿A que es original? Los kiwis tienen mucha vitamina C, ¿lo sabían? ¡A mí me encantan! Esta misma mañana me he tomado una docena para desayunar y… ¡Huy, huy…! ¿Podrían decirme dónde están los lavabos? ¡Es una emergencia!

Kika se encierra a reflexionar en el baño.

¿Y si se reúne con don Quijote utilizando el «Salto de la bruja»? Pero… ¿y si los médicos lo están examinando justo en este momento? O peor todavía: ¿y si ha sufrido lesiones graves, y está en la mesa de operaciones? ¡Kika no puede aparecer por arte de magia en pleno quirófano!

Y eso no es todo…

De pronto, Kika descubre que ha perdido la hebilla de la armadura del caballero. ¡Ha buscado y rebuscado en todos sus bolsillos y no aparece! ¿Se la habrá dejado en el parque? Lo único que encuentra son las llaves de los candados de las bicis. De la hebilla, ni rastro. ¡Porras!

Pero Kika no se da por vencida. Al fin y al cabo, ¡es una superbruja secreta con recursos para todo!, ¿no?

Muy decidida, sale de los lavabos y vuelve con los policías.

—¿A qué hospital han llevado al herido? —les pregunta rápidamente, antes de que ellos sigan con su interrogatorio.

—Al de Huesirroto —contesta uno de ellos—. No te preocupes: está en buenas manos. Allí son especialistas en accidentes. Y ahora, ¿podrías decirnos…?

—¡Huy, huy…! —le interrumpe Kika—. ¡Creo que necesito ir al lavabo otra vez! Los kiwis, ya saben…

Los policías asienten, comprensivos, y Kika vuelve a encerrarse en el baño. ¡Ya tiene un plan! Con las llaves de los candados dará el «Salto de la bruja» hasta las bicis, que se quedaron muy cerca del parque. ¡Y el hospital Huesirroto está cerquísima de allí!

No puede evitar una risita traviesa al pensar en las caras de chasco de los policías cuando descubran que ha desaparecido… ¡por arte de magia!

Entre tanto, la enfermera entra de nuevo en la habitación de don Quijote. En una mano lleva una especie de plato de acero con algunos instrumentos médicos, y en la otra empuña una jeringuilla.

—¡Oh, intrépida doncella! ¿Qué curioso artefacto es ese que sostenéis en vuestra mano? —pregunta don Quijote.

—Una jeringuilla para sacarle sangre —le explica la enfermera—. Tenemos que hacerle un examen a fondo, ¡del derecho y del revés!

Don Quijote salta de la cama y se pone a hacer el pino delante de la sorprendida enfermera.

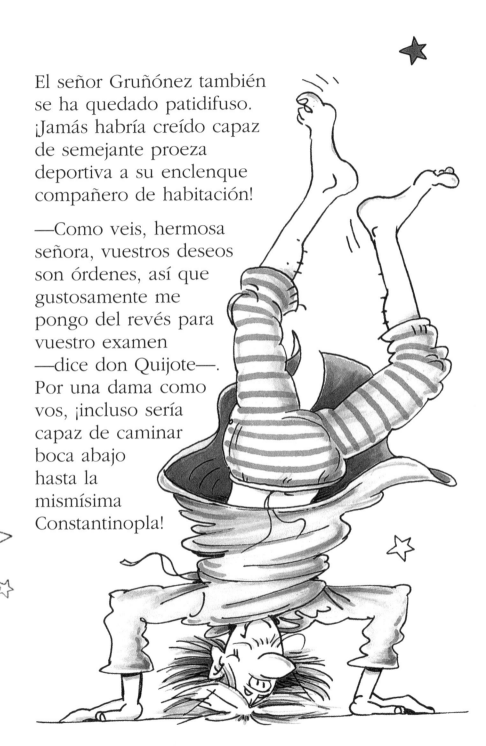

El señor Gruñónez también se ha quedado patidifuso. ¡Jamás habría creído capaz de semejante proeza deportiva a su enclenque compañero de habitación!

—Como veis, hermosa señora, vuestros deseos son órdenes, así que gustosamente me pongo del revés para vuestro examen —dice don Quijote—. Por una dama como vos, ¡incluso sería capaz de caminar boca abajo hasta la mismísima Constantinopla!

—¡Por Dios, caballero, vuelva inmediatamente a la cama! —le ordena la enfermera—. Me ha interpretado usted mal... ¡Yo solo quiero tomarle una muestra de sangre para elaborar su cuadro clínico!

—¿Que vais a elaborar un cuadro para mí? ¿Un cuadro pintado por vos? ¡Oh, señora, me honráis sobremanera con vuestros delicados detalles! —exclama don Quijote, dejándose caer de nuevo sobre sus pies.

—Un cuadro clínico se elabora con el resultado de ciertos análisis —le explica pacientemente la enfermera—, y para ello necesito extraerle sangre, ¿comprende?

Tras atarle una cinta bastante ancha alrededor de un brazo, la aprieta con fuerza e intenta clavarle la aguja en una vena.

Pero don Quijote no está ni mucho menos por la labor de recibir un pinchazo, y aparta el brazo a una velocidad supersónica.

—¡Pero si solo es un vulgar pinchacito, y además no duele nada! —intenta tranquilizarlo la enfermera.

Él se limita a tartamudear:

—Ssssí, sí… pe… pe… ro…

—¡Lo sabía! —exclama el señor Gruñónez con aire triunfante—. Mucho caballero, mucho caballero… ¡y resulta que se muere de miedo al ver una agujita minúscula! ¡Gallina! ¡Co-co-co-ri-cóoo!

—¡Permitid que os diga que el gallina lo será vuestro señor progenitor! —replica don Quijote, ofendidísimo—. Sabed que yo a nada ni a nadie temo, que mi arrojo y mi valor no tienen fin, y que los rufianes como vos, a mí… ¡plim!

—Vamos, vamos, tranquilícese —dice la enfermera a don Quijote—. ¡Ay, si usted supiera la cantidad de gente que tiene miedo a las agujas…!

—Precisáis mi sangre, ¿no es cierto, noble dama? —pregunta él, muy digno y estirado—. ¿Pues a qué viene entonces esa ridícula aguja?

Y de pronto, los acontecimientos se precipitan.

El caballero arranca de las manos de la enfermera el plato de acero, vacía su contenido en la papelera, salta hasta la mesilla de noche donde aún están los cubiertos de la comida, agarra un cuchillo y...

¡RAAAS!, se da un tajo en el brazo, recoge la sangre que brota en el plato y se lo tiende a la enfermera:

—Mi sangre para vos, adorada mía. Ojalá con ella os haga feliz, ¡por mi vida!

De la impresión, el señor Gruñónez se ha quedado sin habla, y tan blanco como la tiza.

Pero la enfermera reacciona con rapidez. Aprieta aún más la cinta que don Quijote todavía lleva en torno al brazo, frenando casi por completo la hemorragia. Acto seguido, presiona sobre el corte una compresa de algodón que ha sacado del bolsillo de su bata, y a continuación, la sujeta con esparadrapo. ¡Listo!

—¡Qué pericia sin igual! —exclama don Quijote, que ha contemplado interesadísimo la rápida actuación de la enfermera—. Es como si tuvierais amplia experiencia en estas lides. ¿Qué caballero os ofreció su sangre antes que yo? ¿Tal vez el de la Blanca Luna? ¿O quizá fue el muy noble Pentapolín del Arremangado Brazo?

—¡Bah, déjese de bobadas! —responde la enfermera, que antes de salir de la habitación le advierte—: ¡Ni se le ocurra volver a organizar otro estropicio como este! ¡Y ya puede usted ir limpiándose toda esa sangre ahora mismo!

Esta vez, don Quijote se ha pasado de rosca.

Con gesto compungido, pregunta a su compañero de habitación:

—¿Cómo he de limpiarme esta sangre, si ni siquiera veo cubo ni palangana alguno por aquí?

—¡Hágalo ahí, «héroe»! —le responde el señor Gruñónez señalando el lavabo.

El caballero sigue sin comprender.

—Pero… tampoco veo el agua —replica.

—Será que ha olvidado usted ponerse sus gafas mágicas caballerescas —se burla el señor Gruñónez, que, tras encaminarse a la pila, abre el grifo.

Don Quijote, fascinado, mira alternativamente el chorro de agua y a su compañero de habitación.

—¡Qué gran prodigio! ¿Acaso sois mago? —pregunta.

El señor Gruñónez cree que don Quijote le está tomando el pelo, así que le da la espalda. Por eso no ve cómo el caballero se aproxima con mucha cautela a la pila, igual que un cazador acechando a su presa. El caballero no aparta los ojos del «mágico» chorro de agua.

Y entonces…, de repente…, ¡salta hacia el grifo! Lo toquetea y retoquetea hasta que averigua qué mecanismo lo hace funcionar, y lo abre y cierra una y otra vez, entusiasmado.

Por fin, se lava la sangre en la pila, limpia el plato de acero… ¡y se lo coloca en la cabeza como si fuera un yelmo!

—¡Atended, caballero! —le dice al señor Gruñónez—. También yo quiero ser mago, como vos. ¡Y a partir de este instante, me proclamo dueño y señor de esta fuente encantada!

Y como prueba de sus poderes mágicos, hace brotar otro chorro de agua.

El señor Gruñónez ni se molesta en mirarlo. Solo se vuelve al oír cómo llaman a la puerta de la habitación.

—¡Adelante! —dice en tono malhumorado.

¡Es Kika!

Cuando don Quijote la ve, salta tan contento hacia ella que su sombrero metálico cae estrepitosamente al suelo.

También Kika se alegra de ver al caballero. La verdad es que, después de todo, ha acabado tomándole mucho cariño.

—¿Ya os habéis repuesto? ¿Habéis sufrido muchos daños en el accidente? —quiere saber Kika.

—¿Qué accidente? —pregunta a su vez don Quijote.

¿Habrá perdido la memoria a causa del golpe?

Kika lo intenta de nuevo:

—Me refiero a lo de antes…, cuando caísteis de vuestro caballo de acero…

—¡Ah, os referís a mi desigual combate con el monstruo carmesí! —contesta el caballero—. Bien es cierto que esa criatura demoníaca me embistió con fiereza, eso sí lo recuerdo… ¡Pero no me cabe duda de que yo zanjé la disputa arrancándole la vida de un lanzazo!

—Ejem… Sí… Bueno… Más o menos… fue así, sí —responde Kika, recordando la afición del caballero a inventarse esa clase de hazañas.

Enseguida intenta cambiar de conversación:

—¿Y qué dicen los médicos? ¿Estáis malherido? Quiero decir, por la sangre que veo en vuestra ropa… ¿Tendréis que permanecer aquí mucho tiempo?

—No nos caerá la breva de que le den pronto el alta… —gruñe por lo bajo el señor Gruñónez.

—Ya nada me retiene en este lugar —contesta el caballero, sin prestar atención al comentario de su vecino—. ¡Incluso he caído en desgracia ante la hermosa doncella de blanco vestido que me ha prodigado sus cuidados!

Kika observa el camisón manchado de sangre que luce don Quijote y mueve la cabeza:

—No podéis salir de aquí con esas pintas.

—Miren en el armario —les indica el señor Gruñónez—. Han guardado sus objetos personales ahí dentro.

Don Quijote se pone rápidamente su caballeresca ropa interior, pero echa algo de menos en el armario y dice:

—¿Dónde está mi yelmo? ¿Y mi lanza?

—Perdisteis el yelmo en vuestro valeroso combate con el monstruo carmesí —le explica Kika—. Y por desgracia, vuestra lanza también sufrió las consecuencias…

—Este brillante objeto me servirá como yelmo —proclama don Quijote, colocándose de nuevo el plato metálico en la cabeza—. Pertenece a la dama del blanco vestido, y cuando se lo devuelva, le serviré en él la cabeza cortada de algún malvado gigante, y además le regalaré uno o dos reinos perdidos. Aunque para ello... ¡he de conseguir como sea una lanza!

Su mirada recorre la habitación, se detiene en la ventana y... ¡ZASSSS!

En un abrir y cerrar de ojos arranca la barra de las cortinas, le sujeta el cuchillo de la comida con esparadrapo a un extremo, ¡y ya tiene lista su arma!

Por supuesto, don Quijote ha provocado un escándalo considerable en todo este proceso, y Kika oye pasos acercándose por el pasillo.

—Hay que largarse de aquí enseguida —susurra, nerviosa.

—Cuando vos dispongáis, querida damisela. Mas… ¡sin olvidar una cosa! —exclama don Quijote, y como si quisiera arrasar definitivamente la habitación, para espanto de Kika, ¡arranca de cuajo el grifo del lavabo!

Un chorro de agua sale disparado de la pared e inunda la habitación en un santiamén.

Don Quijote levanta el grifo como si fuera un trofeo y grita:

—¡Sabed que este artefacto es una fuente mágica que bien puede serme útil en alguna otra hazaña!

Kika tira del caballero para sacarlo de una vez al pasillo, y una vez allí, huyen a toda prisa.

Por el camino se cruzan con la enfermera, y don Quijote aún acierta a recitarle, en plena carrera:

Aunque mi marcha os rompa el corazón,
no me olvidéis, señora, ¡por compasión!

—Tranquilo… —comenta Kika, sin dejar de correr—: ¡Seguro que no podrá olvidaros jamás!

Capítulo 5

**En el que se avista un gigante,
se liberan unos corceles encantados
y se persigue a un fantasma**

Cuando don Quijote salta por fin sobre su caballo de acero con su original técnica, Kika respira aliviada. La verdad es que el caballero no parece haber sufrido lesiones serias en el accidente.

—Por favor: ni un combate más con monstruos... ¡del tipo que sean! —le ruega—. Nos esperan asuntos más importantes. Tenemos muy poco tiempo para encontrar a vuestro escudero, así que seguidme, ¡rápido!

Por una vez, don Quijote obedece sin rechistar a Kika y pedalean hasta el mercado situado junto al centro comercial.

Pero allí les espera una sorpresa...

Uno de los puestos del mercado está completamente rodeado de gente, y cuando Kika y don Quijote se acercan a la multitud, ven que los causantes del barullo son… ¡Sancho Panza y su burro!

Sancho está tumbado junto al puesto (que es de pollos asados), durmiendo a pierna suelta. La verdad es que hace honor a su apellido, ya que luce una espléndida barrigota que sube y baja al ritmo de sus ronquidos. Y junto a él está su gracioso borrico, por supuesto.

¡Son igualitos a como Kika se los había imaginado!

La gente debe de pensar que la estampa formada por el escudero y su burro merece un donativo, y va dejando caer monedas en el sombrero de Sancho, que este ha dejado a sus pies durante la siesta.

Además, a los niños les divierte muchísimo el borrico, lo acarician y le dan de comer chucherías. ¡Algunos hasta se suben a su lomo mientras sus padres los fotografían!

Pero a don Quijote no le gusta ni pizca el espectáculo. Indignado, se abre paso entre la gente y despierta de muy malos modos a su escudero:

—¿Qué clase de farsa es esta? —le regaña—. ¡Levanta de ahí tus orondas posaderas, que ganarse el sustento durmiendo en modo alguno es caballeresco!

—¡Pardiez, señor, si me he traspuesto apenas unos instantes! —bosteza Sancho.

La gente ríe y aplaude, encantada. La verdad es que, con su plato de acero en la cabeza, su lanza de fabricación casera y su curiosa ropa interior, don Quijote tiene una pinta de lo más desternillante.

Cuanto más regaña a su pobre escudero, más aplausos reciben ambos. Está claro que todos toman a los dos personajes por actores que están representando una obra en plena calle, y no paran de caer monedas en el sombrero de Sancho Panza.

114

—Ejem… Deberíamos irnos ya —se impacienta Kika, pero el escudero y su señor están tan ocupados discutiendo que no le prestan atención.

Debe llevarlos lo antes posible hasta el parque, para devolverlos junto con Rocinante a su mundo de novela. ¡Tiene que pensar rápidamente en algo para sacarlos de una vez del mercado!

Y, como siempre, se le ocurre una idea genial:

—Ahora que hemos encontrado a vuestro escudero, ¡podemos intentar vencer los tres juntos al dragón! —le dice a don Quijote.

—¿Es que hay un dragón que combatir? —se anima enseguida el caballero, ansioso por entrar en acción.

—¡Ufsss!, sí, un dragón muy fiero acecha… ¡muy cerca de Rocinante! —responde Kika.

—¿A qué esperamos, entonces? ¡A batallar! —exclama don Quijote—. Solo una cosa más… —y con enorme habilidad ensarta en su lanza varios pollos asados—. ¡La barriga de un caballero nunca debe estar vacía! —remata, mientras la gente se troncha de risa.

Kika coge dinero del sombrero de Sancho Panza para pagar los pollos. No quiere que el dueño del puesto los acuse de ladrones.

Pero, para su sorpresa, el vendedor no acepta el pago:

—Los pollos son gratis, ¡faltaría más! Volved mañana a la misma hora. ¡Sois geniales para mi negocio!

—¡Sí, sí, que vuelvan! —corea la gente.

—Será un honor —responde don Quijote a su público, con una reverencia tan profunda que el plato de acero resbala de su cabeza y cae estrepitosamente al suelo.

Entre risas y aplausos, los tres emprenden por fin el camino hacia el parque: Kika y don Quijote, en sus bicis, y Sancho, montado en su burro. ¡Un espectáculo digno de verse!

Pero no todo va a ser tan sencillo…

De repente, don Quijote se baja de un salto de la bici y empieza a gritar:

—¡Un gigante, un gigante! ¡Qué espléndido ejemplar! ¡En verdad merece la pena medir mis fuerzas con él!

Y es que muy cerca de ellos se alza… ¡la enorme noria de una feria!

Kika resopla, desesperada. ¡Lo que faltaba! Si don Quijote tomó unos molinos por gigantes, ¿cómo no iba a emocionarse ante la vista de una noria tan enorme? Y lo que es peor… ¿Qué pasará cuando vea también el pulpo volador, los tiovivos, las lanzaderas espaciales y los monstruos del tren de la bruja?

Es imposible frenar a don Quijote, que ya pedalea a toda mecha hacia la feria, así que Kika y Sancho Panza se resignan a seguirlo.

Los tres vuelven a reunirse frente al tiovivo. Sobre la plataforma suben y bajan un montón de elegantes caballos de madera. El carrusel describe lentamente sus giros, y eso hace que el avance de los caballos resulte aún más majestuoso.

Maravillado por el espectáculo, don Quijote exclama:

—¡Qué magnífico tropel
de corceles! ¿A quién
perseguirán?
¡Por mi señora Dulcinea
que he de descubrir
este misterio!

Y montando de un salto
en su bicicleta, echa a
correr disparado
alrededor del tiovivo.

—¡Adelante, Oxidante! —espolea a la bici—. ¡Tenemos que adelantar a estos animales! ¡He de averiguar a quién persiguen!

Está tan poseído por su idea, que no se da cuenta de que pedalea en un círculo sin principio ni fin, cada vez más deprisa…, más…, más…, más…, hasta que… ¡PLOFFFF!, termina cayéndose de la bici, mareado perdido.

—Mi señor, ¿acaso no veis que esos caballos son de madera? —intenta hacerle entrar en razón Sancho Panza.

Pero don Quijote no presta atención a su escudero.

—¡Ha sido Oxidante! ¡Este avieso corcel de acero me ha derribado! —despotrica.

Sancho intenta razonar de nuevo:

—Considerad, señor, que esos animales no son auténticos. Tan solo los hacen dar vueltas y vueltas para regocijo de las gentes.

—¿Que los obligan a cabalgar eternamente en círculo? —se extraña don Quijote, y enseguida monta en cólera—: ¡Qué infame modo de atormentar a esos nobles brutos! ¡Ya va siendo hora de liberarlos!

Y abalanzándose sobre el tiovivo, agarra a un caballo por el cuello, empieza a dar tirones y sacudidas… ¡y acaba arrancándolo de la plataforma!

Como es lógico, al propietario del tiovivo no le hace ninguna gracia la heroica acción de don Quijote, y al instante los dos se enzarzan en una pelea tremenda.

Rápida como el rayo, Kika consigue hacerse con la lanza del caballero para evitar males mayores.

Después de intercambiar bofetadas a tutiplén, y a pesar de que es mucho más enclenque que su contrincante, ¡don Quijote consigue practicarle una llave que le hace morder el polvo!

—¡Socorro! ¡Socorro! ¡Policíaaaa! —grita el pobre hombre, inmovilizado en el suelo.

¡La cosa está que arde! Sancho Panza intenta tranquilizar a don Quijote, pero este se niega a soltar a su rival.

Kika mira a su alrededor en busca de ayuda.

—¡Atención! ¡Allí! ¡Un dragón que echa fuego por la boca! —grita, señalando el tren de la bruja—. ¡Uffffs, qué peligroso! ¿Quién se atreverá a combatirlo?

Lo cierto es que allí han instalado un enorme dragón de plástico de cuyas fauces brota humo artificial.

—¿Un dragón? ¿Dónde, dónde? —exclama don Quijote, que en ese mismo instante olvida a su enemigo y se concentra en su nuevo objetivo—: ¡Gran dragón, gran honor!

Con un suspiro de alivio, Kika echa a correr tras don Quijote, al que ya persigue su fiel Sancho, como de costumbre.

Cuando llegan al tren de la bruja, el caballero pretende entrar enseguida, ya que unos altavoces insisten en que lo más peligroso se encuentra en el interior.

Pero Kika no está dispuesta a perderlo de vista, así que se acurruca contra él y finge estar muerta de miedo:

—Si entráis ahí, ¿quién me protegerá del peligroso dragón?

—¡Tenéis razón! —reconoce don Quijote, y cuando Kika ya va a lanzar el suspiro de alivio número cien del día, el caballero la fastidia una vez más—: Vamos, Sancho, entra tú. Llévate mi lanza. ¡Y haz honor a la misma! ¡Ensarta limpiamente a cada monstruo que encuentres! ¡No espero menos de ti!

El pobre Sancho ya sabe por experiencia que no conviene contradecir a su señor, así que se dispone a obedecer la orden, aunque mascullando por lo bajo:

—Por mis barbas que esta nueva hazaña nos saldrá cara…

El escudero ya está a punto de subir al tren de la bruja cuando el hombre de la taquilla le echa el alto:

—Tiene usted que dejar fuera al burro… ¡y pagar la entrada!

—Pero ¿qué decís, insensato? ¿Dónde se ha visto que las aventuras cuesten dinero? —se indigna don Quijote, dispuesto a lanzarse a su cuello.

—¡Ay, ay, ay! ¡El dragón, el dragón! ¡Me ha mirado con muy malos ojos! —gimotea Kika, en un último intento por apartar al caballero y a su escudero del tren de la bruja.

Y mientras don Quijote se vuelve hacia ella para protegerla, Sancho se quita el sombrero, deja en la taquilla las monedas que guardaba en él y desaparece en el oscuro túnel del tren de la bruja.

—¡Ojalá los monstruos estén desganados y presenten una batalla cortita! —mascu-lla Kika con voz de fastidio—. Apenas nos queda tiemp…

No puede terminar la frase.

¡Dos policías se dirigen hacia ellos! ¡Los mismos de los que escapó en la comisa-ría! ¡El colmo!

Seguro que la están buscando, y más que a ella, a don Quijote. No es de extrañar, después de los desastres que ha causado el caballero: en los grandes almacenes, a la salida del parque, en el hospital, en el tiovivo…

Y lo peor es que no pueden huir sin más, dejando a Sancho Panza abandonado a su suerte en el tren de la bruja. ¡Porras, porras y requeteporras!

—¡Hay que esconderse! ¡Rápido! —cuchichea al oído de don Quijote, tirando de él junto con las bicis y el burro hacia la salida del tren de la bruja.

Allí se ponen a cubierto tras un puesto de helados.

—¿Qué sucede? —quiere saber el caballero—. ¿Habéis visto un fantasma?

Kika asiente y le hace un gesto para que guarde silencio.

—¿Un fantasma? ¿De verdad? —insiste él, ahora en voz bajita—. ¿Y dónde está?

Por suerte, Sancho sale del tren de la bruja justo en ese momento. El pobre está pálido y tembloroso después de los horrores que ha contemplado allí dentro.

—Mi se...señor —tartamudea—: Recordadme que la pro...próxima vez que me enviéis a una aventu...tura, os recuerde yo, a mi vez, que ten...tengo algo urgentísimo que hacer en El Tobo...boso, por ejem...ejemplo.

Kika espera a que los policías pasen de largo para exclamar:

—¡El fantasma, el fantasma! ¡Por allí va! —y señala en la dirección hacia la que quiere escapar.

—¿Dónde, dónde? —pregunta don Quijote—. Yo no veo nada.

—¡Allí, allí! ¡Mirad!

Kika monta en su bici y empieza a pedalear a toda pastilla mientras grita:

—¡Oh, no! ¡El fantasma! ¡Va a atraparme! ¡Arggggg! ¡Socorro, noble caballero! ¡Salvadme!

—¡Valor, hermosa dama, enseguida acudo en vuestro auxilio! —grita don Quijote saltando a su bicicleta, seguido por Sancho Panza a lomos de su borrico.

Kika es más veloz que sus compañeros, aunque tiene buen cuidado de que no la pierdan de vista.

Pero ¿qué ruido es ese? ¿No suena una sirena? Muy lejos, sí, ¡pero se está acercando! ¡Lo que les faltaba!

Queda muy poco para llegar al parque. Allí recogerán a Rocinante y…

La sirena suena cada vez más fuerte. ¡Porras! ¡Ahora no! Si ya están cerquísima…

¡Conseguido! Están en el parque.

—¡Montad a Rocinante, rápido! —le grita Kika a don Quijote—. ¡En un caballo de acero no podréis vencer a un fantasma como este!

El caballero obedece al instante y se encarama sobre Rocinante.

Kika empieza a dar vueltas con la bici alrededor de unos arbustos, sin dejar de gritar:

—¡Socorro, caballero mío! ¡Salvadme! ¡Coged de la mano a vuestro escudero y cerrad el paso al fantasma!

Don Quijote coge de la mano a Sancho Panza y, antes de darles tiempo a decir esta boca es mía, Kika saca del bolsillo la página con la fórmula mágica, empieza a leer y...

¡Caballero y escudero se esfuman en el aire!

¡FIUUUU!

Entre los árboles del parque ya asoma una luz azul, y la sirena de la policía se oye cada vez más cerca.

Montada aún en su bici, Kika respira hondo, estrecha su ratoncito de peluche con una mano, agarra a Oxidante con la otra, murmura la fórmula del «Salto de la bruja» y...

¡Adiós!

—¡Ya era hora! Estamos a punto de merendar —dice su madre cuando Kika entra en la cocina como si tal cosa.

Dani aparece al instante, con un objeto rarísimo entre las manos. Mientras Kika vivía su trepidante aventura, él se ha dedicado a pegar los trozos del jarrón roto. Pero el resultado ha sido lamentable. ¡El jarrón tiene un aspecto espantoso!

—Es estupendo que hayas intentado arreglarlo, Dani, pero no tenías que haberte molestado, de verdad. ¡Es horroroso! Trae, trae… —dice mamá, y tira el jarrón a la basura con expresión triunfal—. ¡Bufff, cómo me alegro de habernos librado de esa monstruosidad!

Justo en ese momento llaman a la puerta.

—¿Quién será? —pregunta Dani.

—Ni idea —dice su madre.

Kika va a abrir.

¿Y quién aparece en la puerta?

¡La tía Hortensia!

¿Y qué sostiene entre las manos, toda sonriente?

¡Justo!

¡Un jarrón igualito al que ha roto Dani!

—¡Sorpresaaaaa! —exclama la tía Hortensia—. No lo vais a creer, pero he conseguido encontrar esta magnífica obra de arte. Así que, ¡ea, ya no tenéis motivo para estar tristes!

Héctor, el amigo
de Kika y experto
en magia y encantamientos,
os presenta:

El truco
de caballero n.º 1

«Picatostes al estilo
don Quijote»

Don Quijote le ha escrito a Kika su receta favorita. Es tan sencilla que hasta el despistado caballero es capaz de prepararla solo.

Como más le gustan estos picatostes es espolvoreados con azúcar y canela, pero Sancho Panza apuesta por la variante con miel. ¡Y Rocinante los prefiere con mermelada de fresa!

Se hacen así:

- Don Quijote le pide dos huevos a un granjero.

- Cambia una vieja novela de caballerías por un cuarto de litro de leche.

- Un caballero le regala media cucharada de postre de canela.

- Una dama a la que ha hecho un cumplido caballeresco lo premia con una cucharada sopera de azúcar.

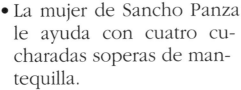

- La mujer de Sancho Panza le ayuda con cuatro cucharadas soperas de mantequilla.

- Y del panadero recibe ocho rebanadas de pan de molde por haberle ayudado a descargar sacos de harina.

1. Don Quijote bate los huevos en un bol y los revuelve con la leche, la canela y el azúcar.

2. Vierte la mezcla en una fuente grande.

3. Introduce las rebanadas de pan de molde en la mezcla y deja que se empapen bien.

4. Derrite una cucharada de mantequilla en una sartén.

5. Y por fin, coloca las rebanadas en la sartén y las dora por ambos lados a temperatura media.

El truco
de caballero n.º 2

«Los fantasmas
del tren de la bruja»

A Kika le habría encantado montarse con Sancho Panza en el tren de la bruja. ¡Esa sensación de escalofríos y de cosquilleo nervioso le chifla! Pero como le preocupaban otras cosas, ya no le quedó tiempo para divertirse.

Así que ahora, ya en casa, Kika prepara una terrorífica aparición fantasmal para Dani.

Necesita un vaso, agua, guisantes secos y una bandeja de horno.

Y actúa de la siguiente manera:

1. Poco antes de que Dani se vaya a la cama, Kika llena el vaso de guisantes secos hasta el borde.

2. Añade agua, también hasta el borde del vaso, y lo coloca sobre la bandeja de horno.

3. Cuando Dani va al baño a lavarse los dientes, Kika esconde la bandeja de horno con el vaso de guisantes debajo de su cama.

Ahora solo queda esperar… Los guisantes se empapan de agua y poco a poco van engordando.

Cuando ya no caben en el vaso, empiezan a caer sobre la bandeja de horno con unos «¡plops!» de lo más fantasmales. ¡Escalofriante!

Si quieres hacer este truco, debes pensar que el ruido de los fantasmas es VERDADERAMENTE aterrador. Si tienes hermanos pequeños, es mejor que lo hagas de día, para que nadie se asuste de verdad.

Índice

Trucos de caballero

¡Hola!

Este que ves en la foto soy yo. Me llamo **Knister**, y soy el autor de las aventuras de Kika Superbruja.

Como siempre me ha gustado vuestro mundo, el de los chicos y chicas como tú, he escrito muchos libros y canciones para vosotros, y también obras de teatro.

Me encanta presentar programas de lectura en la tele, la radio, las bibliotecas, los teatros y las librerías de mi país (que, por cierto, es Alemania), y también disfruto mucho cuando realizo trabajos para chicos y chicas que son discapacitados psíquicos, o disléxicos, o ciegos..., todos ellos de tu misma edad.

Pero lo mejor de todo es cuando vosotros participáis conmigo en lo que hago, leyendo mis libros y compartiendo las aventuras de los personajes que los protagonizan.

En esta ocasión he querido presentaros a Kika Superbruja. Como es una bruja supersecreta, me costó bastante que me explicara sus trucos de magia, pero al final lo conseguí. Aunque..., no sé por qué, pero me da la impresión de que Kika Superbruja no me ha contado todos sus supersecretos... ¡y a lo mejor todavía le quedan unos cuantos hechizos guardados en la manga!

Los libros de KNISTER

n.º 1

n.º 2

El cumple de Dani

KNISTER

Kika embruja los deberes

KNISTER

El vampiro del diente flojo

n.º 3

El loco caballero

n.º 4

Diviértete con

KNISTER

n.º 1

¿Quién diablos es Yoko?

alborota la escuela

y la noche del terror

n.º 2

n.º 3